KB147132

푸른사상 시선 144

여기가 막장이다

푸른사상 시선 144

여기가 막장이다

인쇄 · 2021년 6월 2일 | 발행 · 2021년 6월 11일

지은이 · 정연수
펴낸이 · 한봉숙
펴낸곳 · 푸른사상사

주간 · 맹문재 | 편집 · 지순이, 김수란, 노현정 | 마케팅 · 한정규
등록 · 1999년 7월 8일 제2-2876호
주소 · 경기도 파주시 회동길 337-16(서패동 470-6) 푸른사상사
대표전화 · 031) 955-9111(2) | 팩시밀리 · 031) 955-9114
이메일 · prun21c@hanmail.net /prunsasang@naver.com
홈페이지 · http://www.prun21c.com

ISBN 979-11-308-1800-9   03810
값 10,000원

푸른사상
시선
144

여기가 막장이다

정연수 시집

푸른사상
PRUNSASANG

갱 속에서 기계를 움직이는 에너지는 압축공기다. 압축기가 윙윙거리는 소리를 자장가처럼 들으면서 자랐는데, 광업소 십 년 근무의 절반도 그 압축기실에서 보냈다.

중학교에 입학하자 선생님을 비롯한 주위 어른들은 우리에게 광업소에 취직하는 꿈을 심어주었다. 열심히 공부하여 태백기 계공고에 합격했고, 높은 경쟁률을 뚫고 대한석탄공사 장성광 업소에 취직했다. 나는 퍽 일찍 꿈을 이룬 셈인데, 그제야 서러 움과 부조리를 알았다.

부르디외의 『재생산』 같은 책만 읽었더라도 나는 광부가 되기 위해 공고에 가지 않았을 것이다. 아버지는 못 배워서 광부가 되었고, 나는 너무 많이 배워서 광부가 되고 말았다.

산다는 건 늘 허물을 만드는 일인가 보다. 침묵과 외침의 때 를 몰라 늘 어정쩡하게 살면서 허물을 제대로 들추지 못했다. 탄광촌에 대한 맹목적 애정만 지녔는데, 이 시집이 사람 도리

좀 시켜주면 좋겠다. 탄광은 문을 닫지만, 나는 시를 통해 그 문을 붙잡는 중이다.

푸른사상사와 맹문재 교수님의 기획, 남기택 교수님의 해설에 감사를 드리며, 출구를 찾지 못한 탄광촌에 이 시집을 바친다.

2021년 여름

강릉에서 정연수

| 차례 |

■ 시인의 말

제1부

제2부

제3부

제4부

제1부

오래된 동굴

산맥을 넘는 눈발의 속살에는 집념이 담겼습니다. 자식만 보고 살자고, 동점 구문소를 지나 철암의 쥐라기 막장에 닿았습니다. 하얀 눈을 밟고 들어가다 보면, 이억 오천만 년 된 동굴 어귀에선 까만 눈이 내립니다. 크고 밝은 태백의 이름 언저리에는 진폐증 무덤들이 별처럼 총총 빛났고요. 아버지의 마지막 도시락 속에서 가래 끓는 기침이 벌레처럼 스멀스멀 기어 나왔습니다. 탄차가 무덤 위로 쌩쌩 내달리는 동안에도, 무덤을 열고 나온 아이들은 제 발로 동굴을 찾아갔습니다. 광부를 대물림할 줄 알았다면, 아버지는 산맥을 넘지 않았겠지요. 어머니는 아들이 팽개치고 간 책가방을 열고 하얀 쌀밥을 지었습니다. 눈은 그치지 않을 작정이지만, 어머니의 눈자위는 벌써 시래기처럼 바싹 말랐습니다. 폐광의 그늘에 웅크리고 있던 아들이 기침을 시작했습니다. 동굴 속에선 동발 한 틀 우지끈 부러지고. 화들짝 놀란 눈, 이럴 순 없잖으냐며 마구 퍼붓고 있습니다.

휘파람

봉숭아 붉은 손끝처럼 손이 고운 사람
처음 그를 본 것은 철암역 대합실이었다
손가락 실핏줄 지나는 푸른 그리움처럼 탄광을 왔더랬다
봉화군 물야면, 아버지와 고향이 같아서 더 반가웠더랬다

여름 내내 달아오른 붉은 꽃을 꺾은 바람처럼
그는 휘파람 불며 사택 뒷산의 숲을 휘저었다
갱내에서는 불 수 없는 휘파람
쏟아지는 별빛에 휘청거리며 산에서 내려오던 날
잔뜩 물오른 달빛 보며 병방 출근길에 나선 날
갱도 물통이 터지면서 막차 떠나듯 그도 떠났다

물맛 나는 복숭아를 씹다가
그의 흰 뼈가 불타는 소식을 들었다
내가 사랑한 사람은 모두 벼랑 끝으로 가는가
울컥, 빗방울이 허공을 흔드는 리듬 따라
은종처럼 허리 흔드는 풀꽃
잔뿌리에 잔뜩 힘이 들어가고

목숨 다한 그리움은 어디에 닿는 걸까

그는 순례를 떠났다.

하늘에 계신 아버지

가난하고 가난하다
울음을 포획한 겨울 하늘은 차갑도록 착하다

성스럽게 기도하는 손끝은 늘 돈을 향하고
아버지, 그동안 뭘 하셨나이까!

숱한 공터와 우람한 건물들
유산이라는 거룩한 단어는 늘, 타자의 언어

교회에 가지 않아도 여전히 눈부신 하루
저 햇살이 우리 사택으로 올 날도 있겠지요

자식 등록금에 허구한 날 연근 도맡으시고도
자식 밥상 앞에 생선 밀어 넣고, 입맛 없다고

아버지
다음 생에도 한집에서 살아요.

밤길

검은 산 검은 물, 밤길 더듬으며 간다

아득한 어둠 속에서 살 떨려본 적 있는가

광부의 막장은 늘 살아온 궤적처럼 캄캄하다

동료가 죽어 나간 길로 내가 걸어 들어가고

3교대 어느 시간이든 늘 캄캄한 길

어둠은 사물과 나의 경계를 지우고

막장은 삶과 죽음의 경계를 지운다.

나한정역에서 마시는 커피

어둡고 습한 막장에서 명상하던 검은 나한(羅漢)

나한정역이 가부좌를 튼 1940년부터

지나는 기차마다 멈춰 서서 나한을 공경하며 합장했다

해발 315m 나한정에서 잠시 무릎 꿇고

태백준령을 올려다보는 그윽한 눈빛

들숨과 날숨을 고르던 기차

위태로운 동발을 견디며 한 삽 한 삽 캐낸 뜨거운 삶

석탄처럼 뜨겁던 검은 나한의 생애

하늘에 밧줄을 달아 기차를 끌어당기던 마을

앞뒤에 하나씩 기관차 두 개나 달고도

질주를 멈춰야 하는 기차

하여, 나한정에 오면 뒤처지는 삶도 서럽지 않다

분명, 우리의 삶은 멈춰 서야 할 때가 있다

공손하게 구부려 나한의 삶을 수행하는 기차처럼

오체투지의 종점 나한정에 와서

스위치백의 지혜를 묵상한다

앞으로 가기 위해서라도 질주 멈추고 커피 한 잔 어때?

방랑이 길었더라도 멈추고 커피 한 잔 어때?

불꽃의 시작, 거무내미

불의 씨앗을 품은 석탄기 마을
태백에서 최초로 석탄이 발견된 금천
먹돌배기 검은 돌로 세상 만나기까지
그 감감한 세월

철없는 희망 속에도 불씨는 살아 있다
팔도에서 사람이 모여들고
남아야 하는 자와 떠나야 하는 자
추억하는 그리움이 만나면 세상은 따뜻해진다

황지 장성 철암
마음이 가난한 사람의 마을에 붙어 있는
가슴 뭉클한 구호
우리는 산업 전사 보람에 산다

행복한 기억이 있는 한
불씨는 꺼지지 않는다
지하 깊은 곳에 갈무리한 불씨

때를 알아 세상을 환하게 밝힌다
가슴 달군 마을의 화력 좋은 희망.

어머니, 순례의 길

허기를 기억하느라 연탄가스 가득 마시고 깨어난 아침
어머니는 나를 신선한 생명의 땅으로 이끄셨다

잠시 땅에 엎디거라
나는 순례자처럼 땅에 엎디었다

땅에 빨대처럼 코를 박은
나의 녹슨 허파
자본과 빛 사이에서 호흡을 고르는 동안

땅의 푸른 허파는
독하게 살아가는 나의 숨결과 한결 친근해졌다

살자고 숨을 들이쉬면
부채가 늘듯 지구적 자본은 팽창하고
빚을 청산한 허파꽈리 숨을 내쉴 때
지구는 생기를 품고 둥글어간다

땅과 나의 호흡이 일치할 무렵

나를 반듯하게 일으켜 세우신 어머니
동치미 한 사발 들이켜렴

땅의 허파에 담근 동치미가 숨통을 트는 동안
지구에 코 박고 사는 사람끼리도 한 몸 되는 명상.

제노포비아

서독 광부를 꿈꾸던 삼촌들 기억나세요?

불쌍해라, 엄마는 하숙비도 없이 재웠잖아요

저는 밥이 아깝다고 눈을 흘겼고

삼촌들은 돈 많이 벌어 갚겠다며 목말을 태워줬지요

1963년, 광부 오백 명 모집에 사만육천 명이 몰린

92 대 1 경쟁률

브로커들이 무슨 벼슬처럼 유세를 떨고

삼촌 하나는 돈만 떼이고

차라리 죽어버리겠다며 며칠 동안 술만 마시다

산판꾼을 따라나섰지요

장성 탄광촌이 지긋지긋하다며 누님은 서울로 갔지만,

동두천도 서울인가, 어른들은 미국 뒷골목이라고 쉬쉬하데

요

십여 년 사이에 팔천 명이 서독 광부 된 걸

남들은 모른다지만 저와 누님까지 어찌 잊겠습니까

누님도 이젠 많이 늙었겠습니다

달러 넘치는 서울, 흑인이 출입할 수 없는 식당도 생겨났다

지요

튀기는 표준어인데

누님은 튀기 소리만 들어도 애간장이 튀겨진다 했지요

군대도 갈 수 없던 마이클, 그 녀석도 많이 컸겠습니다.

표준어

강냉이를 삶으며 탄구뎅이 개락인 산을 바라보다가
고뱅이 아프도록 산비알 감재밭을 메던 울 엄마는
안죽도 구뎅이에서 나오지 않은 검은 사내를 걱정했다

표준어 규정 제1장 1항
— 표준어는 교양 있는 사람들이 두루 쓰는
— 현대 서울말로 정함을 원칙으로 한다

본적지 : 경북 봉화군 물야면 오전리 용목
성장지 : 강원도 삼척군 장성읍 계량촌
내 성인식을 기념해 장성읍은 태백시로 바꿨다만
교양 있는 사람들이 두루 쓰는 현대 서울말?
표준에 비켜선 남사스러운 삶은
야만스러운 갱도 속에서 무참히 망가졌다

햇감재처럼 하늘이 맑은 날
낭구를 박차고 날아온 곤줄박이 몇 놈 승질을 부려댄다
그믄, 서울 사람 아니믄 교양인이 아니나?

그믄, 탄만 캐다 탄화가 된 저 사내들은 개죽음 아니나?

우째, 말끝마다 마른 풀잎 꺽꺽대는 텃새 사투리가 불쌍타.

고드름

어느 별에서 길을 나선 눈물이던가
농토를 잃고 아득한 허공 지나
추락 거듭하던 날개
도시 언저리 지나
허물어져가는 탄광촌 처마에서 멈췄다

아버지 다니던 탄광 문 닫고부터
집안은 다시 빙판길
집을 불사르겠다던 동생들
집 대신 책을 사르고 공장으로 갔으나
나는 탄광에 미련을 버리지 못했다

허물어져가는 사택 배경으로
여섯 가족이 차렷 자세
가족사진을 보는 순간 슬픔도 숨이 막혔다
더는 녹지도 않을 것 같은
고드름 가족

빚쟁이가 다녀갈 때마다 흘리던 어머니의 눈물
콧잔등 위에 서슬 퍼런 칼날이 섰다.

쥐새끼

정부에서 전국 쥐잡기 운동 펼칠 때, 학교에선 부모님께 드리라며 쥐약을 초등학생 손에도 건넸지요. 하얀 쥐약을 아버지께 드리면, 그건 내가 먹고 싶다, 나는 놀란 쥐새끼처럼 어머니 눈치만 살피는데, 차라리 내가 먼저 먹어야겠소, 어머니도 아버지도 빚에 몰린 쥐새끼가 되었더랬지요.

쥐약 대신 메탄가스 많은 갑종 탄광으로 들어선 아버지의 갱도 옆구리에선 썩은 물이 흘렀지만, 집안은 조금씩 환해집디다. 갱내에선 쥐를 잡지 못하는 금기 때문인가, 광부들이 쥐를 애완용처럼 기른다네요. 요놈에 귀여운 쥐새끼, 아버지가 내 볼을 쥐고 흔들자 어머니도 모처럼 웃고 나도 덩달아 깔깔거렸습니다. 막장에서 쥐를 만나면 자식 본 듯 반갑고, 폭발 위험 없겠다며 마음 놓았다네요. 어머니 말고 다른 아내들도 쥐와 나눠 먹으라며 도시락 꾹꾹 눌러 담았다는 얘기를 들은 건 공동우물에서였지요.

폐광되자 이웃 사택 몇이 쥐약을 먹었다는 소문이 우물방송을 통해 퍼졌고, 몇은 캄캄한 밤에 급히 이사했다는 말도 우물에서 샘솟았습니다. 흰 이빨을 드러낸 연탄가스가 중독시킨 새벽처럼 사택에는 안개가 자주 꼈습니다. 노동과 사랑, 그 뜨거운 그리움으로 살아가자고 쥐를 키우던 선량한 사내들의 목소리가 자꾸만 떨립니다. 또 쥐잡기 운동이 펼쳐질까 두렵습니다.

강원도의 산

문 닫은 갱구로 불어오는 바람은 마른 수숫대 넘어지듯 산을 훌쩍 빠져나가 산비탈 밭에 풀썩 주저앉아 강냉이술에 취하고

불현듯 그가 보고 싶어 연애편지 쓰듯 태백선 열차는 영월 함백 사북 태백을 지나 도계로 치달아 달려도 따라잡지 못할 우리의 희망 심포리서 홍전서 팔리지 않는 석탄처럼 뒷걸음질만 해 늦가을 시린 꿈 불어오는 태백산 골짜기

동해바다에 장난감 같은 배를 띄우고 비린내 살 속을 슬금슬금 파고들다 기차가 터널을 나오면서 도시 사내 옆자리 앉은 광부 아내를 얕보고 치근거리고 있어 기차가 서고 나면 겁탈할지도 몰라 나는 눈길 마주치고 싶지 않아 창밖을 보는데 불륜처럼 빨강빨강 익어가는 감이 주렁주렁

실직 광부들 부드러운 풀꽃 향기 가슴을 쓰다듬던 자리 피가 흥건해 미안해 미안해 그러다 마구 짓뭉개고 아아 가엾은 풀꽃 탄광 문 닫고 사택에서 쫓겨나 마른 풀꽃 한 아름 꺾어 들고 일어서면 막장의 비장한 눈빛이 빛나고 있어 꿈을 갖고 싶어

아무도 꺾지 않는 꿈을, 그래도 강원도의 산은 그저 감자처럼
웃기만 해.

갱구가 전하는 이야기

바람은 밤에도 쉬지 않았다
희망은 막장에 있었고
막장은 희망을 위해 무거운 동발을 받치고 있었다
어느 바퀴라도 빠지면 기우뚱 무너질 세발자전거처럼
희망과 막장이 함께 굴러가고 있었다

제 가난에 제 발목이 걸려 넘어지기도 했고
폐광 공고 나붙은 게시판에다가는 가래침도 뱉었다
너도 크면 아비만큼은 돼야지
어미의 그런 말을 들으며 아들은 뭉클 아버지를 존경하곤 했다
만 원짜리야 개도 물고 다녔어
뒷주머니에 인감 차면 동네 처녀 줄을 섰지
이젠 전설이 된 얘기를 바람이 전할 뿐이다

친구 떠난 빈집을 바라보던 아이가
도시로 전학 보내달라며 생떼를 쓰는데
철없다고 야단칠 일만은 아니다 차라리 세월을 탓하자
고스톱 칠 때는 껍데기로 광도 먹었는데

어쩌다 세상이 화투판만도 못 해졌는지
서울을 향해 주먹질하는 사내의 뒤집힌 손바닥으로
까칠한 세상이 찍혀 나온다.

막장의 세월

배가 기우는 사이, 배는 막장을 기억했다

막장의 옆구리 어딘가 조금씩 무너지고 있었다
석탄 합리화가 아닌 자본의 합리화
광부들은 문 닫은 갱구 앞에서 잠시 주저앉았을 뿐
원망할 여유는 없었다

살려주세요, 구조대는 오고 있는 거죠?
산 자의 마지막 인사는 핏물 든 꽃처럼 붉다

또 만나자며, 안산으로 부천으로 떠나고
터 잡았다고 폐광촌 동료 부르던 세월
안산의 함태탄광 동지는 함우회 만들고
안산의 강원탄광 동지는 강우회 만들고

안산 아이들 탄 배가 기우는 동안
막장은 바다에서도 가라앉기 시작했다

농촌에서 탄광촌으로, 폐광촌에서 공단으로

끝없는 유랑의 세월

바다에다 자식 묻기까지 끝없는 막장

막장은 막장이었다.

화력의 배후, 도계에 가면

빗물 같은 흔적이었을 것이다
고향을 떠나온 눈물들이 모여 오십천을 이룬다

느티나무 근처를 서성이다 상처가 단단해질 무렵
조금씩 주저앉는 갱도
3교대에 지친 걸까, 어둠에 지친 걸까

심포리 미인폭포 곧추서서
화력의 배후를 굽어본다
단단한 석탄, 팔리지 않는 우리들의 희망

탄가루 날리며 화차 지나간 자리
킬리만자로의 고독한 바람이 분다.

제2부

바람기
― 선탄부 일기 1

헤어지고, 헤어지고, 또 헤어졌다
바람 부는 삶은 이별들의 연속

남편 묻은 막장에다 마련한 아내의 자리
광업소의 배려라고 으스대던 노무계장과 눈이 맞을 뻔했다

상복 대신 광부복을 입은 그녀는
눈물도 다 말라버린 아카시아꽃 지는 거리를 지나갔다

컨베이어벨트로 쏟아지는 석탄 속에서
잡석이며, 잡목들을 눈물 대신 골라냈다

꽃잎처럼 이별은 아팠지만 그를 잡을 수 없고
연탄구멍 같은 퀭한 눈을 뜬 자식들은 잡아야 했다.

신에게 가는 길
— 선탄부 일기 2

오래 만난 남자는 읽다가 버린 책처럼 싫증이 날까
그녀는 남편을 묻자마자 갱도 속으로 들어섰다

처녀 땐 그녀가 먼저 버린 남자도 있었다
상처를 헤아리는 동안, 명치끝에서 빠져나가는 서러운 꽃잎
들

남편을 묻고도 눈물 한 방울 흘리지 않았다
바늘보다 독하다고 시댁 식구들이 수군거려도

그녀는 바늘이 부적이란 걸 알았을 것이다
신도 가끔 그녀를 안아줬을 것이다

그녀가 더 독해질 때쯤
우리는 선탄부를 선녀라고 불렀다.

일 년에 두 번씩 태백 가는 사연
— 선탄부 일기 3

남편은 동원탄좌 하청 채탄 선산부였지요
마지막 길 떠날 때 남편은 46세, 내 나이 43세
천몇백만 원 순직 보상금을 탄광업자에 빌려줬더랬지요
초등 1학년부터 고3까지 5남매 키울 걱정뿐이던 나날

돈 빌려 간 쫄딱구덩이 탄광업자가 쫄딱 망해서 떠나던 날
남편 죽던 날보다 더 서러웠더랬지요
시댁에 다녀온 말처럼 다 쏟아내지 못하고
가슴에 웅쳤다가 겨우 토해내는 흐느낌

그래도 산 사람은 살아야지요
광부들 받아 하숙 치면서 다시 눈길은 갱구를 향했지요
퇴근이 늦은 날은 갱구 노려보며 또다시 가슴 졸였더랬지요
자식도 떠난 사북을 못 버린 건 남편에 대한 그리움이겠지요

지금껏 거르지 않듯, 앞으로도 해마다 두 번 태백에 가렵
니다
유가족협회가 봉행하는 백중절 제사

태백시가 주관하는 시월 초의 산업 전사 위령제

산업 전사 위령탑에 모인 과부 중에는 선탄부도 많습니다

선탄장을 거쳐 버려진 동발 같은

선탄부의 한숨은 제단 향불보다 독합니다.

매화 씨
— 선탄부 일기 4

추운 날씨 견디며 가장 먼저 피는 하얀 꽃
공중삭도에서 새처럼 가볍게 날아간 남편이 그리워도
막장 앞에서 굴하지 않는 김매화 씨는 꽃말을 닮았더라
공사판에서 질통도 져봤으나
두 아들 키우자고 선탄부가 된 매화 씨
은은하게 피어나는 매화의 향기를 닮았더라

지리산의 매화 정당매는 오랜 세월을 견딘 탓에
죽은 가지도 적잖았으나 육백 년을 살더라
도계의 매화 씨는 부부의 연을 광부로 이어가며
남편 잃고 적잖이 서러웠으나 여자 광부로 꿋꿋하더라

열다섯 번 이사에 남의 집 전전하며 도계 지킨 매화 씨
정식부 되고서도 사택 못 들어간 매화 씨
이육사가 광야에서 겨울 들판 열 때
다섯 살과 열한 살 두 아들 재워놓고 출근하는데
─까마득한 날에 하늘이 처음 열리듯
돌아오면 방문은 늘 열려 있고

배급 탄 쌀은 도둑이 들고 가고
열린 방 안에는 가랑잎과 탄가루 섞인 흙먼지 가득하더라

−매화 향기 홀로 가득하니
매화 씨는 두 아들 홀로 키우며
갑방 을방 병방 까마득한 3교대 시간에 맞춰
새까만 막장의 하늘을 열어가더라
선탄하고 돌아와 아이들 양육하는 초인이 있어
이 삭도마을에서 목놓아 부르게 하리라.

여자 광부
— 선탄부 일기 5

갱내에서 나온 탄을 홉바에 쏟는데, 돌은 돌대로 탄은 탄대로 고르는 게 우리의 일이지요. 탄은 크러셔로 분쇄하고, 돌은 경석장으로 가고요. 개발갱 선탄부 때, 오함마로 아무리 내리쳐도 안 깨지는 큰 바위를 등에 짊어지고 내다 버린 적도 있지요. 누가 나를 탄광에다 그렇게 내다 버렸을 겁니다. 또 어느 날은 돌이 크러셔로 들어가는 것을 막는데, 삽까지 딸려갑니다. 그 삽을 찾자고 돌멩이까지 잘게 부수는 크러셔로 목숨 걸고 따라가길 수십 년 했네요. 그렇게 내 인생은 뜻하지 않는 곳으로만 딸려갑니다.

대여섯 명이 컨베이어를 마주 보며 일하는데 벨트가 움직이는 한 쉴 틈이 없지요. 탄가루가 발목까지 묻히는 곳에서 점심 먹는 시간이 유일한 휴식이지요. 방진 마스크도 없던 점리갱 선탄부 때, 입에다 수건을 돌려 감싸긴 했으나 밥보다 탄가루를 더 먹었을 겁니다. 앞에 있는 30촉 전구가 안 보일 정도로 탄가루 지독한데, 지독하기로야 내 삶이나 그거나 피차일반이겠죠. 탄가루 자욱해도 자식 얼굴은 선명합디다. 두 아들 키우고 받은 훈장이 진폐 9급이네요.

임시부 때, 쿠사리를 딛고 넘어가다 광차가 마주치며 내 발목과 종아리를 부러뜨렸지요. 공상 신청하다간 밥자리 떨어지니 앓는 소리도 못 했죠. 장화를 신지 못할 정도로 발이 부어 맨발로 선탄을 하는데, 어쩌자고 우리 인생은 맨발로 막막한 막장을 들어서는 건지 처음으로 눈물 두어 방울 흘려봤네요.

진폐병동에서 1

울 엄마한텐 강 씨만큼 힘센 사람도 없었다
해마다 단오절이면 동네 씨름판 휘어잡던
강 씨처럼 힘센 사람은 첨 본다고
동네 사람들 모두 그랬다
동네 힘꾼 다 둘러메치고도 힘이 남아
너털웃음 터트리며 배불뚝이 심판 덜렁 들어
둘러선 구경꾼들 한 바퀴 돌던 강 씨
단오절마다 상으로 탄 큰 소 한 마리로
사택 마을 잔치를 벌여주곤 했다
막장에서
삽질이며 괭이질은 또 얼마나 시원스럽던지
강 씨와 한 조가 되면 선산부 후산부 할 것 없이
간조 때 칠팔만 원은 너끈히 더 타왔다

강 씨가 입원했대서
동네 사람들이 우르르 병문안을 갔다
아이고 야들아 글쎄 강 씨가
뼈에 가죽만 덮어썼더라

목숨만 붙었지 그게 어디 산 사람이냐

울 엄마는 무엇이 그리 분했던지

병문안을 다녀와선 며칠째 몸져눕는다

단오절마다 타오던 큰 소는 어쩌고

소만 한 산소통만 매달았냐고

강 씨의 좋던 힘은 울 엄마 한숨 소리에 매달린다.

진폐병동에서 2

울 아버지 붕락 사고로 막장에 갇혀
밖에 있는 가족 걱정 이틀 밤낮 사경 헤맬 때
강 씨도 덩달아 퇴갱을 안 했다
들여다 주는 도시락 먹으며 갑 을 병방
꺼내야 해 살려야 해
씨름판에서 소 타던 힘으로 삽질해댔다
아버지가 갱구 밖을 나왔을 땐
아득한 아버지 숨만큼 강 씨도 탈진했다

술만 거나해지면 아버지는 날 앉혀놓고
강 씨는 우리 집안 은인이야
날 살리려고 같이 죽어갈 뻔했다
네 평생 잊으면 그거도 불효다 이놈아, 알겠지

강 씨가 진폐병동에 입원한 지 삼 년이 못 돼
영안실로 옮겼다는 전화를 내가 받았다
아버지는 그럴 리 없다며 진폐병동으로 달려갔고
강 씨가 누워 있던 침대 머리맡엔

반쯤 남은 링거병만 대롱대롱 걸렸다

아버지는 당신보다 먼저 간 게 못내 마음에 걸렸던지
소주 서너 병을 비우고도 연신 강 씨 얘기다
칠월의 오후보다 더 뜨겁던
해저 아득한 막장에서의 삽질 곡괭이질
애쓰지 않아도 떠오르는 기억은 있는 법이다
실연 혹은 첫 경험 같은

강 씨 생각이 더욱 선한가 보다
그때 내가 먼저 가야 하는데
강 씨의 죽음이 아버지 탓이라도 되는 양
아버지의 목쉰 울음 안개비처럼 서럽더니
은혜 갚을 일이 막연해진 게 원통해선지
하늘도 덩달아 비를 잔뜩 뿌렸다.

진폐병동에서 3

한순간만이라도 공포에서 벗어나고 싶어
불치의 규폐증, 병명만 떠올려도 답답한 가슴
코에 쑤셔 박은 산소 호스 떼고
살아 있는 공기를 마시고 싶어

감옥 같은 병실의 벽 밀어내다가도
가족들 눈빛에는 주춤했어
살아 있는 동안만 지급되는 보상금
몸뚱이는 그저 가족의 보상금으로 살아 있을 뿐

먼 하늘이 조금씩 보이는 그런 날엔
벽이 문처럼 쉽게 열리고
빛이 금방이라도 터져 나올 것 같은데
아직 빛은 보이지 않고
링거 줄만 대롱대롱 그네를 타고

병실의 형광등 꺼지면
가장 캄캄한 곳에서

이승과 저승의 교신을 위해 반짝이는 눈동자
저승 문은 쉽사리 열리지 않고
산소 호스 속으로 절망의 신음이 흘렀어

함께 막장의 추억을 나누던 몇몇은
한밤중에 병원 옥상으로 가기도 했어
링거 줄로 꼬아 만든 밧줄에 목을 걸면
떠난 자, 남은 자 모두의 삶이 한결 부드러워졌어

명예를 지킨 사람은
죽은 이후부터 진짜 빛나는 삶이라는데
빛과 어둠을, 삶과 죽음을 매일 경험하던
산업 전사들의 영웅적 죽음은 시작인가 끝인가?

진폐병동에서 4

장성광업소 화광아파트에서 사백 미터 떨어진
태백중앙병원 산부인과
매일 아기가 태어난다

광업소 사택에서 옹기종기 자란 아이들
부모들의 절망에 익숙해져가고
사택에서 사백 미터 걸어 나가
장성광업소에 취직

그리고 몇 년 후
광업소 앞 다리 건너 이백 미터
태백중앙병원 진폐병동 드나들다
영안실에 영영 눕는다

태어나 일하고 병들고 죽기까지
사백 미터를 넘지 않아
강남에 8학군 있다더니
태백중앙병원은 생로병사 8학군.

진폐병동에서 5

산소호흡기만 한 진폐병동 창문은
장성광업소가 잘 보이는 곳에 이마를 대고
작은 다리 하나 사이에 두고
다정하게 마주 선다

광업소를 나와 예배당 고개 넘으면
화광동 사택끼리 옹기종기 몸을 비비고
숨길 게 없어 정겨운 사람

한 해 이백오십 명씩 죽어 나가는 막장에서
살아온 것만도 용한 일이지
여름 막바지에 악쓰는 매미처럼
후렴에서 잠깐 쉬는 밭은기침처럼
진폐병동 낮게 흐르는 마지막 노래

육만 진폐 환자
진폐병동 산소통 메자며 탄원서 날려보아도

입원실에서 숨 쉬는 행운은 고작 이천여 명

기관지 타고 오르는 요충 같은 그렁그렁 쉰 소리
사는 게 시원찮아도 그게 어디야
그렁그렁 숨이라도 붙어
요양급여 받는 가족이라도 숨통 틔워야지

사택 고개 넘어 광업소
광업소 다리 건너 진폐병동, 그 가까이 영안실
살고 죽는 것이 익숙한 거리.

진폐병동에서 6

진폐 11급이던 외삼촌이 5급 판정을 받았대서
대뜸, 참 잘된 일이라고 인사했다
아차, 정말 축하할 일이었을까?
외삼촌의 몸은 채탄하던 땅속으로 점점 무너지는데

금광 노다지 찾다가 끝내 탄광촌에 몸 푼 외삼촌
함태탄광 언저리 산등성에 웅크린 외갓집
탄가루가 빚는 검은 안개가 날마다 자욱했다
숟가락으로 사과 긁어 외할머니 입에 넣어주던
저탄장 그늘 같은 엄마의 우수도 거기서 봤다

외삼촌은 마을 콩쿠르에 나갈 때마다 일등을 했고
울 엄마는 멋쟁이 오빠라고 동네방네 자랑하곤 했다
집안이 조금만 받쳐줬더라면 큰 정치도 했을 거란다
당적을 옮기듯 이 탄광 저 탄광 돌아
고한의 삼척탄좌 선산부로 정년 맞기까지
외삼촌의 삶은 호두껍데기 같은 안전모에 갇혔다

하늘 가까운 곳에 웅크린 고한 정암사택

숨은 찼으나

화단에는 채송화 백일홍 코스모스 맨드라미 고왔다

예쁘게 사택 꾸미던 손으로

서울 답십리에서 꽃집을 하다가

지금은 봉화 춘양, 그 언저리에서 진폐를 앓는다.

진폐병동에서 7

다리 하나 통째로 삼킨 이십 년 막장
오른쪽 발바닥부터 정강이까지 썩어가고

노란색 검은색 살 파먹는 컬러 반점
강원탄광 이십 년 희망의 종점은 폐광과 진폐증

가래까지 겹쳐 폐부 깊숙이 으르렁거리는 한의 세월
아홉 평 낡은 사택과 함께 허물어져가는 호흡

달빛마저 검은 사택길
다리 썩는 통증에 뜬눈으로 잠드는 밤

보상금 오백만 원과 바꾼 청둥오리
오리 울음소리 맴도는 밤이 무섭다

코에 매달린 산소 호스 속에 갇힌 강 씨의 삶
막장을 나와도 캄캄한 막장이다

제발 죽어버리라는 가족 소망은 못 들은 척

죽을 기력마저 떨어진 강 씨.

진폐병동에서 8

고향은 등졌으나 자식은 잘 키워보겠다고 세운 동발
동발은 썩어가고 산재병원만 단단해졌다

5층 높이 간판 내건 규폐센터
우리 동네 유일의 종합병원
이 병 저 병 다 둘러대다
며칠 두고 보지요
의사는 별것 아니라지만 미덥지 않다
서울, 큰 병원이라도 가야 할까?

장성규폐센터
병원 간판보다 더 끔찍하게 큼직한 간판
살아 나온 환자보다 죽어 나간 환자 더 많다는데
아니, 모두 죽어 나갔는데

동발 세우던 사내들 5병동 간판으로 걸렸다.

진폐병동에서 9

김수영은 부조리한 사회 속에 고인 가래를 뱉는 중이다
시인이여 기침을 하자
진폐 7급 아버지, 무엇을 위해 기침을 하시는가

술상에는 오늘도 돈이나 정치, 고향 잃은 이들끼리의 눈물
이 올랐겠지요 그런데 아버지, 오늘 너무 과하셨어요 대폿집
토막 의자에 앉아 뒤로 쓰러지신 위태로운 막걸리

아버지를 부르기 싫어 술집 앞에서 머뭇거리던 시간이 더 많
았어요, 엄마가 빨리 오시래요, 만취한 아버지의 가슴 밑동부
터 올라오는 트림 냄새보다 더 싫은 게 뭔지 아세요? 친구가
볼까 위태로웠거든요 앗 아버지, 또 넘어지셨어요 위태로운
세상 함께 걸어요

"이눔 새끼야, 내가 누군데, 걱정하지 마라, 내가 너보단 잘
한다"
가장의 위엄을 잃지 않던 아버지, 결국 폐석 더미 위로 쓰러

지고

　한 달에 한 번씩 동해병원에 누워 가슴을 찍는 아버지
　다 타버린 연탄재처럼 하얀 폐

　기침이 심해졌어요, 가족들은 치열한 말다툼을 하다가도 아
버지의 기침이 시작되면 모두 숨을 죽였다 그렁그렁 끓는 가
슴속에서 금방이라도 뭔가 터져 나올 것처럼 벗긴 머리까지
벌겋게 달아오르며 온몸으로 기침을 하는 아버지, 숨을 끊어
놓는 기침 소리 가늘어질 때까지 밤하늘에서는 유성이 떨어졌
다 아버지의 밭은기침 소리 들을 때마다 내 숨은 우주의 허공
을 가로지르고

　"자식 넷 다 키워놨지, 이만큼 한 사람도 드물어, 암, 나만큼
행복한 놈도 없다니까"
　술에 취해도 잊지 않던 아버지의 자부심을 막은 것은 기침이
었다.

진폐병동에서 10

성애 씨가 아버지의 폐렴을 안 것은 한 달이나 지나서였다
폐렴이 진행되는 동안
아버지도 가족도 그 기침은 진폐증일 뿐이라고 여겼다

아버지의 폐를 큰 병원 의사에게 보이고 싶어요
아무리 전원을 요구해도
팔 년 돌본 환자를 다른 곳에 보낼 수 없단다

펜은 칼보다 무섭다
동해병원 정 과장 수술칼로는 아버지 못 고쳐도
그렁그렁 끓고 있는 기침 너머의 진폐 보상 등급을 위협한다

―내가 사망 이유를 조금이라도 다르게 쓰면
―진폐 유족연금이 사라지는데 괜찮겠어?

아버지의 병세만큼이나 의사의 협박은 점점 노골적이다
가족들도 아버지처럼 가슴이 들끓었지만
아무도 의사의 얼굴에다 침을 뱉지는 않았다

가족을 위해 동발 아래로 날마다 허리 굽히던 아버지
딸은 어머니의 연금을 위해 자존심을 굽혔다

병동을 나서면서 성애 씨는 기침을 시작했다.

제3부

새 길

끝도 시작도 없는 캄캄한 사막
막장은 낙타가시풀을 씹는 낙타의 입이다
고독한 사막을 건너는 갈증의 걸음 사이로
불의 가시를 씹고 또 씹는다

철철 흐르는 제 피를 삼키며
불끈, 사막의 해는 솟는다
막장은 다시 뜨거워지고
길은 결코 나타날 줄 모른다

가끔 앞을 막아서는 벽을
막장이라 부르기도 했으나
길이 끝나는 곳에서
비로소 새 길을 본다

더는 잃을 것도 없는 사람은 안다
사막은 걸어가는 만큼 길이 되고
막장은 삽질만큼 길이 되는 것을.

광부

코카서스 산꼭대기
숲이 푸른 불꽃을 튀기는 동안
새의 부리에 간을 내어준
그대 프로메테우스

신들의 불을 훔쳐
사람에게 준 프로메테우스의 형벌
대지의 불을 훔쳐
사람에게 준 광부의 형벌

고생대 지층을 열어
새의 부리는 폐를 향해 쪼아대고
카오스 흔들며 활활 불타는 세상까지

막장보다 처절한 공간이 있을까
어느 곳이나 단단한 바닥은 있다만

코카서스 산꼭대기서

검은 쥐가 해저 바닥 기어 다니는 막장까지

전승되는 불의 신화

아직, 우리의 프로메테우스는 살아 있다.

가장 아름다운 여자

술잔 속에 흔들리는 갱구
외길을 걸어 나오는 사람들의 장화가 무겁다

왜 술을 마시고 나면
가슴 풍만한 여자가 유난히 착해 보이는 걸까

옆 막장이 무너진 소식에 일찍 갱구를 나왔으나
친구는 영영 나오지 않고, 술은 좀체 취하지 않고

곡소리에 불빛부터 취하는 밤
하루살이 몇 마리 술잔 속으로 조문을 온다

취기 오른 새벽, 부엌에서 찬물 한 사발 들이켜다
문득, 장롱을 마주하여 웅크리고 자는 아내가 가엽다

아내가 세상에서 가장 아름다운 까닭은
내게 가슴을 허락한 유일한 여자

장작 불길마저 홀가분 지상을 떠날 수 없는 밤

불꽃마다 맺힌 푸른 울음은 새벽 강을 맴돌고

지금, 동료의 착한 아내는
아름다움도 잊고 가슴의 크기만큼 밤을 새워 운다.

아름다운 수당

날 버린 여자의 아버지가 자꾸 생각난다
아들을 광부로 만들지 않는 게 꿈이라던
돈 벌면 고향 땅 풍기에다 밭을 사겠다던

땅 많은 남자를 사위로 맞고
그는 모처럼 갱구 같은 입을 벌려 크게 웃었다

그녀가 시집가던 날에도
나는 휴일 수당을 위해
지하 750m 갱도에서 펌프를 돌렸다

눈물이야 있었겠지만
힘 좋은 펌프가
웬만한 지하수 정도는 바닥이 드러나도록 퍼냈다

캄캄한 막장 속의 등불이 나를 용서했다.

굴진 작업

길을 닦는다
캄캄한 날에도 길을 닦는다
캄캄하니까 밝은 세상 보자고
매일 전진한다지만
늘 앞을 턱턱 막아서는
길을 뚫는다
굶주려 지나온 세월보다 단단한 암벽
없이 사는 것보다 참기 힘든 외면의 눈길
앞을 막아도
길을 뚫는다
착암기로 한 구멍, 두 구멍, 세 구멍
힘든 세월만큼 수를 세어 천공하고
다이너마이트를 장전하여 귀를 막고
터져라 무저갱으로 가는 세월
가도 가도 끝없는 막장
길을 닦는다.

굴 밖엔 비가 내리우와?

이 형요
목심줄으 지하 팔백이십오 미터까지 늘따놓구
맛빠구에 꽂은 갭뿌루
새카만 희망으 캐는 서글픔으 아시우와?
질책이는 죽탄에 장화 뒤꿈치가 백혀
꼼짝두 않는데

다만 냄들 맨치만 살아보자구
규폐 그렁그렁 가래 덩이 뱉으며
쏟아놓는 억신 푸념이 들리우와?
개좁베기 걸린 호흡이
곰패이 핀 동바리에 얹혀 용을 쓰는데

이 형요
동바리가 뭉가지고 죽탄이 덮쳐
살고 싶다는 비명 소래기도 못 질러대구 가버린
광부들 기억 나우와?
그들 초라한 망령이 마카

노보리르 따라 올라와 피멍 든 가심을 후비는데

요게는 밥줄 쥐짜는 지하수만
억울한 눈물 맨치루 뚝뚝 떨어지는데
이 형요
참말로 굴 밖엔 비가 내리우와?

탄광 아리랑

아리랑 아리랑 막장에 아라리요
노보리 고개 갭뿌(camp lamp) 없이 잘도 넘네

탄광촌 고개는 자물통 고개
꼭 간다 삼 년 오 년, 삼십 년이 지나고

탄굴 파서 벌어봐야 햇빛 보면 맥 못 추고
첫날부터 외상술에 퇴직금은 빚잔치

탄광촌 고개는 생지옥 고개
동발 허리 메고 나면 척추부터 내려앉네

갑 을 병방 오 년이면 이 몸부터 비쩍 말라
궁합은 묻지 마라 동발만 바짝 섰네

아리랑 아리랑 아라리가 났네
아리랑 고개고개로 날 넘겨주게

아리랑 아리랑 막장에 아라리요
노보리 고개 석탄 활활 잘도 넘네

탄광촌 고개는 출구 없는 미로고개
이젠 간다 봇짐 싸도 갈 길이 멀구나

빚 없으면 돈 번 게지 몸 성하면 돈 번 게지
자식 보고 여기 왔지, 나 살자고 왔나

아들놈은 광부 마라 딸년도 광부 마라
사택 방은 닭장이나 꿈만큼은 대궐

열아홉 구멍마다 님도 보고 뽕도 따고
내가 캔 괴탄 석탄 이 나라 일으켜

아리랑 아리랑 아라리가 났네
아리랑 고개고개로 날 넘겨주게.

여기가 막장이다

삽질을 한다
아무리 퍼내도 끄떡 않는 막장
사람답게 살고 싶다 두 주먹 불끈 쥐고 나서
굳은살 박이도록 삽질해도 줄지 않는 절망
여기가 막장이다

광부도 사람이다, 투쟁 뒤에
광부에서 광원으로 이름 바꾸고
노동자에서 근로자로 해마다 달력만 새로 갈았다
도시락 반찬이야 매일 바뀌어도 여전히 가난한 식탁
여기가 막장이다

이 땅의 광부는 가고
근로자, 근로자의 날, 모범근로자 표창
더 쓸쓸한, 여기가 막장이다

내 딸년만큼은 광부 마누라 만들지 않겠다
내 아들놈만큼은 광부 만들지 않겠다

하찮은 걸 소원하는 여기가 막장이다

탄광촌 올 때 다짐했다
삼 년 지나면 떠난다
삼 년만 죽어지내자던 게 삼십 년이 지나도 까마득하다
굳어 가는 폐는 알까
천년만년 썩은 석탄처럼 알 수 없는 까만 세월
여기가 막장이다

내년에는 꼭 떠나자 그렇게 떠나고 싶더니만
정부까지 나서서 떠나라고 등 떠미는 석탄 합리화
탄광촌 들어올 때도 누가 그렇게 등 떠밀더니만
나갈 때도 또 그렇게 등 떠밀린다
발걸음조차 내 의지로 딛지 못하는 땅
여기가 막장이다.

사람으로 살기 위해

-백바가지는 물러가라
-광부도 사람이다, 사람답게 살고 싶다
국도를 막고 세상을 막고 삶의 막장까지 막아서서
노동자도 아내도 등에 업힌 아이도 목청껏 외친다

같은 회사 다녀도 백바가지만 사원인 회사
장성광업소 도계광업소
노란 바가지는 종업원, 노예 같은 종업원
광업소 곳곳에 붙어 있던
"사원을 가족같이"
흰 안전모 쓰는 관리자만 가, 족같이

백바가지 몰아내기 대투쟁
광부도 사람 되고, 광부들도 사원인 탄광 만들자고
착암기 잡던 손 불끈불끈 틀어쥔 수천 광부
노동자 짓밟는 탄광 간부에 맞서
어용노조에 맞서
어용 비호하는 경찰 방패에 맞서

감옥 갈래? 위협하는 독재정권 보안대 맞서
난동이라 비난하는 세상에 맞서
이제는 참 노동자 세상, 가짜는 가라

탄광 노동자도 사원인 줄 비로소 알던 날
무식해서 탄만 캐던 무지렁이 광부들도
비로소 사람인 줄 알던 날.

탄광노조 어용노조

노조지부장 물러가라, 소장 물러가라
노동자의 세상을 여는 날
회사와 짝짜꿍, 어용노조 지부장 쫓아내고
선생산 후안전, 광부를 노예로 알던 소장 쫓아내고
삼 일간의 총파업 사람답게 사는 세상

우리는 진짜 노동자의 승리를 축하하며
의기양양 막장으로 돌아갔다만,
우리는 몰랐다 참으로 몰랐다
그만둔 지부장은 본사 위원장으로 큰 감투 바꿔 쓰고
그만둔 소장은 서울 본사 감사로 영전되고

갱 속에 사는 광부는 참으로 빛나는 바깥을 몰랐다
막장은 언제나 어둠을 향해 길이 나고
막장은 언제나 빛을 등졌다
우리 손으로 쟁취한 노동자 세상
어용노조가 한 달 만에 되돌려놓을 줄 몰랐다

노동자 뭉친 힘 어용노조가 갈라놓고

세상은 기세등등 깡패노조 어용노조
노조가 막장보다 무서워라.

광부들이 살아 있다

치치치 레레레, 비바 칠레칠레
33명의 칠레 광부가 살아서 왔다
69일간의 지하 생활을 견디고
지하 622m에서 살아온 광부들
세상은 기적이라고 불렀다

막장에서 살아온 광부들을 부둥켜안은
칠레의 대통령도 감격했다
―구조된 광부들이 나에게 고마움을 표했지만
―이건 그들이 혼자가 아니란 걸 깨닫게 해준
―칠레와 칠레 국민에 대한 고마움입니다

칠레에선 33명의 광부가 매몰되고도 살아났으나
늘 살아나는 것은 아니다
한국의 탄광에선 해마다 200명이 죽어 나갔다
장하게도 살아난 위대한 영웅들은
진폐증으로 해마다 250명이 죽어 나갔다

매몰되고, 사라진 그 자리에 연탄불만 활활 타올랐다

칠레의 불사조들은
구리구리 광산 막장에서 부활했다
장성과 도계의 불사조들도
석탄죽탄 탄광 막장에서 부활했다
세상의 광부들은 날마다 불꽃 속에서 부활한다
신과 악마 사이에서 싸워야 했다던 칠레의 광부들
그들은 영웅이다
조국 근대화의 기수,
우리는 산업 전사, 보람에 산다던 한국의 광부들
그들은 영웅이다.

광부가 된 단군

태백산 아래서 석탄을 캐던 광부는 알았더니라

백 일 간 검은 동굴에서

마늘과 쑥을 먹고 살라는 말씀

그것이 무엇을 의미하는지 알았더니라

햇빛을 봐서는 안 되는 금기

정말 사람이 되고 싶은 광부는 그 말의 뜻을 알았더니라

태백산 호랑이처럼 쉽게

이 산맥 저 산맥을 훌쩍 뛰어넘을 것이 아니라

신단수가 화석연료 될 때까지

갑방 을방 병방 돌아가며 검은 막장만 노려보더니라

가도 가도 캄캄한 막장에서

사람이 되는 고통이 무엇인지 참으로 알았더니라.

막장에서 만난 시인 1
— 삼척탄좌 성희직

해고당한 동료 광부에게 바치는
시 낭송회 열다 해고당한 시인이 있다
광부도 사람이다, 사람답게 살고 싶다
동료를 위해 손가락 자른 시인

해고의 세월은 길었으나
복직 소송에선 이겼다
소송엔 이겼으나 복직하지 못했다
막장이 캄캄한 것처럼
탄광 경영자도 어둠을 견고하게 지켰다

시인의 시는 정치를 넘어서기도 했다
민중의 이름으로 도의원 3선
카지노 생기고 살 만한데 시인은 여전히 배가 고팠다
카지노 앞에 천막 치고 단식하며
진폐 재해자 선두에 섰다
병든 광부 생계 보장하라, 외침으로 끝나지 않고
다시 손가락을 잘랐다
그는 온몸으로 시를 쓴다.

막장에서 만난 시인 2
— 강릉광업소 최승익

해가 뜬다
강릉광업소 화성광업소 구룡탄광 흥보탄광
정동진이 탄광촌이라는 걸 아는 해가 뜬다
새해는 새마음
정동진 탄광으로 오는 광부도 그랬을 것이다

정동진에는 동발에다 시를 쓰는 시인이 있었다
모래시계 시간 맞춰 석탄산업 합리화
정동진 탄광들 일제히 철새처럼 날아갈 때
광부도 떠나고 시인도 떠나고

시인은 경기도에서 택시를 몬다
택시는 빛처럼 날렵하고 빠른데
석탄 합리화는 택시보다 빨랐다

정동진이 탄광촌이란 걸 강릉 사람도 잊을 무렵
시인이 동해에 간다는 소식을 듣는다
정동진을 지날 터

정동진의 전설이 지나는 것이다

내일도 정동진에는 해가 뜰 것이다
막장이 희망이라는 걸 아는 해가.

막장에서 만난 시인 3
— 장성광업소 정환구

서울에서 사장님으로 불릴 때도 있었다
에라 탄광에나 가자
다들 그러듯 마지막엔 태백을 찾아왔다
이 땅의 마지막 광부가 되겠다며
언제 문 닫을지 모르는 갱구로 들어섰다
에어마끼 돌리는 깡마른 팔뚝은 깡다구의 세월

술에 지쳐 만신창이 된 몸이나
막장에 갇혀 만신창이 된 몸이나
시인의 삶은 밤낮 캄캄했다
광부 수기를 써서 받은 상금으로 또 술을 마셨다

막장도 지친 걸까
광업소가 문 닫기도 전에 명예퇴직을 신청했다
아내에게 소송당해 퇴직금 뺏기고도 너털웃음
남은 돈으로 통영에 집을 샀다
가족은 잃었으나 따뜻한 남쪽 햇빛 그립다고

모든 걸 막장에 두고 떠났다

시를 쓰다 외로우면 바닷새와 술 마시겠다고

마지막 광부 시인은 날마다 취해 있다.

제4부

연탄재 일기

갱구를 나오면 눈부신 햇살
걸음은 구운 삼겹살 속에서 비틀거리고
구울수록 싸늘해지는 세상

우리는 얼마나 뜨겁게 살았던 걸까?

우리도 모르는 사이에 세상은 차가워졌던 거지

폐광 보상금 받고 부천으로 간 선산부 장 씨
자리 잡고 부른다던 세월이 벌써 오 년
그도 모르게 얼어붙은 게지

삼겹살을 다 굽고 난 우리
연탄재처럼 부서졌다.

내 젊음은 시퍼렇게 멍들었어

친구들이 낙엽처럼 우수수 탄광으로 휩쓸려 가던 늦가을
당구장 앞 전봇대 공고판 하나 믿고 기차를 탔다
차마, 광부가 되겠다는 말은 못 하고
도로공사 현장에 취직됐다며 부모님께 절을 올렸다
갱도 역시 길이라, 말짱 거짓말은 아니었겠지

그 튼튼하던 팔뚝이 맥 못 추던 동발지기
앞 가다(方) 동발은 건등 동발, 악쓰는 것부터 배웠다
동발 십 전에 만 원 돈 걸렸으니 우리로선 목숨 건 싸움
그렇게 갑 을 병방 석 달쯤
노동에 견딜 만하니 겨울 찬바람에 적적하고
신세타령 고스톱판 술판에 이력났다

탄광 돈은 햇빛만 보면 녹는다더니
월급 날린 날은 어두운 땅속에서 번 돈 생각
밤새 악몽에 뒤척이고
예닐곱 해 정붙여 지내던 겨울
갑자기 탄광이 문을 닫는다

돈 잃고 일어서던 고스톱판보다 더 허망하게

내 젊음만 온통 시퍼렇게 멍 들여놓고.

막장은 막장에도 없더군

탄광촌에 오던 날 아내는 울었고
덩달아 우는 세 살배기 딸년을 쥐어박으며
다시는 너희 울리지 않으마
속으로 주먹 불끈 쥐었다

어차피 죽어 땅속으로 가는 몸
지하 바닥에 배수진 치고
막장을 희망의 종착역이라 믿었다
까막딱따구리처럼 벽만 보면 악을 썼다
매일 씻어도 씻기지 않는 탄 때
희망은 씻기지 않는다며 빛나는 알몸처럼 웃었다

갑자기, 이력 붙여 드나들던 갱구가 닫히고
막장 밖으로 끌어내는 거친 손
저탄장의 팔리지 않는 희망처럼
터널은 끝이 보이지 않는다
뒤로 돌앗! 우리는 구령에 맞춰 뒤를 돌았지만
아무도 목적지를 알려주지 않는다

되돌아보니 힘차게 구령을 붙이던 사람도 보이지 않는다

함태탄광 재개발
도시 전체가 몰려가 생떼를 써도
끝내 열리지 않는 막장
탄광에서 십 년, 막장보다 더 캄캄한 폐광에서 십 년
막장인 줄 알았더니 막장은 막장에도 없더군.

광부 아리랑

아리랑 아리랑 노보리 아라리요
막장에다 동료 묻고 잘도 넘네

빨래는 하나 마나 탄가루만 펄펄 천지
급여 인상 암만해도 타는 돈은 제자리라

봉급 때가 언제던가 내 돈 어디 가고
술장사 쌀장사 지갑만 철철 넘쳐

탄광촌엔 강아지도 만 원짜리 입에 문다
누가 그런 생거짓말, 강아지도 웃고 가요

사람 구실 못 할 인간 정치인 판검사 되고요
나라 지켜 불피울 사람 채탄부 굴진부 되고요

석탄 증산 석탄 보국 몸 바친 십 년 만에
막장 동료 절반이나 진폐병동 들어가고

올 땐 내 발로 찾아왔다만 떠날 길은 막막하고
논밭 산다 선산 산다 잠꼬대만 늙어가요

두고두고 탄 캘 산엔 골프장 스키장 들어서고
석탄 박물관 세워놓고 광부 삶도 가둬놓고

마지막 찾은 막장 나도 몰래 폐광하고
반반하고 푼돈 생기면 룸살롱 카지노 간다네요

아리랑 아리랑 아리리가 났네
노보리 고개고개로 날 넘겨주게.

사북은 봄날

비단 1980년뿐이었을까만
꽃피는 봄날이라곤 없던 까막동네
봄을 막는 폭도들에 대항하여
사택으로 들어오는 길목에 바리케이드 치고
뼈다귀 될 때까지 착암기 움켜쥐던 힘
육천 칼로리 뜨거운 불꽃 제대로 뜨거워지던 사월 봄날

봄은 쉽게 가버리고 꽃씨는 땅속으로만 발을 뻗어
머리 숙여 동발 지고 노보리 오르는 검은 예수
때로는 막장에 묻히고, 때로는 진폐로 드러눕고
때로는 꽃씨를 뿌리는 폭도로 몰리고
남들 안 가는 빛의 반대편에도 길을 닦으며
굳은살 박이도록 삽질하는 검은 예수

기세등등 1989년
광부들을 싹 쓸어버리겠다는 석탄 합리화 진압대
봄눈처럼 순진한 광부들은 저항 한 번 못해보고
겨울이 가면 봄이 오고, 봄이 오면 꽃이 핀다고 거짓말만 하는

봄, 또 속아서 공단 언저리로 나들이를 나선다
서울은 근처도 못 가보고
그저 안산으로, 수원으로, 부천으로 기웃기웃

사북항쟁 24주년을 기념하듯 문 닫은 동원탄좌
19공탄 구멍마다 푸른 불꽃을 뿜으며 뜨겁던 이 땅
뼈다귀 묻을 땅조차 없이 식어가도
아직 우리의 맥박은 뛰고 있다.

폐광, 관광
— 사북에서 두 사람이 자살한 기사를 읽던 새벽

길은 언제나 갈림길
나는 쓸쓸히 탄광으로 가고
너는 분주히 카지노로 가고

퍼내도 파내도 끝없이 캄캄한 굴
가끔 내 이마엔 피가 고이고
가끔 네 이마엔 땀이 흐르고

누더기 같은 신문 한 장 덮고도
행복하던 잠
나는 꿈꿀 수 없는 세상에 잠이 깼고
너는 꿈 너무 많은 세상에 잠이 깼다

숨이 막혀, 숨을 쉴 수가 없어
진폐병동 저 호흡의 막장을 닫아줘
꿈을 꾸려면 잠부터 자야지
영원히 깨지 않을 잠

검은 숲, 검은 도시

남긴 빚은 동굴처럼 으슥했다

카지노가 폐장하던 새벽
미안하다는 말만 남기고
카지노 호텔에서 스물몇 살의 목을 새벽하늘에 달 때
진폐병동의 동료는 창밖으로 몸을 던졌다.

카지노 불나방

사북 갱구 막은 자리에 카지노 간판을 달았다
탄광이나 카지노나
살고 죽는 확률은 마찬가지

막장으로 선택한 갱구가 닫히면서
그래도 몇이야 잭팟을 터트렸겠지

탄광은 밤을 새워 석탄 실어 나르고
카지노는 밤을 새워 코인 실어 나르는
탄광촌의 병방은 오늘도 막장

이마에 희미한 안전등 달고도 수만 명 죽었는데
갱도보다 삐까번쩍
얼마나 더 죽이자고 카지노 불빛 저 난린지
카지노 불나방의 눈은 점점 커지고

채탄 막장이야 뺏길 것도 없이 찾아왔다지만
있는 것 다 뺏고도 새로운 막장으로 떠미는 카지노
갱도보다 더 독한 막장.

카지노 앵벌이

카지노 가는 길은 밤마다 조금씩 넓어지고
사북에선 개평만으로도 산다

사촌이 땅을 사도 배 아픈 세상
카지노 앵벌이
이웃의 잭팟이 터지길
빌고 또 빌며
보름달 환하게 뜨는데

카지노 오는 길은 넓어도
사북 사람, 나가는 길을 모른다.

재생산

노자, 날 때부터 늙은이도 있더니
날 때부터 노동자도 있더라
탄광촌마다 공업고등학교 들어서고
우리는 밤을 새워 공부하여 공고로 갔다
국영수 대신 실습하며
우리는 산업역군 보람에 산다, 주문처럼 읊었다
공고를 나와 탄광에 가는 것이 자랑스러운 아이들
시클리드 입 가득 새끼 광부들이 무럭무럭 자랐다

이십대 삼십대 그 강은
서러운 강인지도 모르고 건넜다
땅 깊은 곳에서 석탄불을 쬐며, 캐며
학문하듯 노동을 배웠다
노자, 동자, 참 거룩한 이름들
공고 출신에게 인권은 너무 어려운 단어였다
야, 이 새끼야 생산량 못 맞춰!
탄광이 문을 닫을 때까지
인권을 읽을 줄 몰랐다

생산량을 맞춘 날도
자식 성적은 오르지 않고

폐광, 사십대의 캄캄한 강을 건넌다
막장은 예나 지금이나 참으로 캄캄하구나
앞으로 삼십 년은 더 살 것을 생각하다
아들놈 등짝에 대고 대낮부터 고함을 지른다
야, 이 새끼야 고등학교까지 시켜줬으면
그놈의 컴퓨터 끄고 막일이라도 찾아봐야 할 것 아냐!

해고된 고흐에게

아직은 막다른 골목이 아니길
동생 테오가 보내준 오십 프랑으로 커피를 시켜놓고
해바라기의 탁한 눈동자를 그린 고흐
그 속에다 동생이 닿고 싶은 세상도 넣었을 거다

막장의 삽질은 뜨거웠지만
막장의 삶은 늘 서늘했다
탄광은 또 문을 닫고
또 눈이 내린다는구나, 테오는 소식이 없고
고흐가 귀를 자르듯
추운 겨울에 나는 가족을 잘랐다
부양할 수 없는 소문
탁한 눈발을 몰고 산맥을 넘는다.

사북에서 만나다 1

우리 어머니는 선탄에 나가신다. 내가 어렸을 적에 아버지가 탄광에서 팔을 다쳤기 때문에 지금은 어머니가 선탄에 나가신다. 어머니는 가끔 이런 얘기를 하신다.

"나는 너희들을 대학까지 꼭 시키겠다."

그리고 아버지도 꼭 같은 말을 하신다.

저번에 누나하고 선탄장에 가보니 그곳은 탄가루가 막 날렸다. 어머니는 우리보고 이런 곳에서 일하지 말라고 하셨다.(사북국민학교 6학년 김용희, 「우리 어머니」, 1983년)

사북초등학교 교사 임길택 시인은 아이의 서러움을 시로 엮었다

『아버지 월급 콩알만 하네』

탄광은 모두 문을 닫아도 한 시인이 열어놓은 갱구는 닫히지 않는다.

사북에서 만나다 2

사북이란 이름에는 늘, 그늘이 묻어 있다
무슨 왕좌처럼 탄좌라는 거창한 이름
동원탄좌마저 문 닫고 십오 년 지난 사북
탄광의 흔적을 찾는다
광부가 한 명도 없다
광산진폐권익연대 정선지회 옆 경로당
옛날에 광부였다는 늙은 남자 몇 명 만났을 뿐이다
거기에 섞여 고스톱 치던 늙은 여자와 말을 섞었다
선탄부였다는 여자 광부, 진폐증을 앓고 있다.

사북에서 만나다 3

꽃을 꺾으며 넘는다는 화절령

처녀치마 수정란풀 진달래, 꽃들은 예뻐도

꽃대를 밀어 올리는 지반은 캄캄한 공동(空洞)이다

사북의 눈물 절반을 머금었다는 화절령

굴진 발파음 그치질 않던 사택 아래로

여전히 배고픈 채탄 막장이 엎드려 있다

석탄을 캐느라 화절령의 뱃속은 다 허물어지고

운락초등학교 바닥까지 치고 올라온 노보리 막장

지반 침하에 못 견디고 문을 닫는다

학교 벽면에 금이 가고, 아이들 추억에도 금이 가는데

운락초등학교 마지막 학생 백삼십 명

화절령 넘으며 꽃을 꺾는 바람처럼

동원초 사북초 사음초 인근 학교로 뿔뿔이 흩날린다.

사북에서 만나다 4

1942년 사북국민학교 개교

석탄을 노다지라 부르는 광부들이 몰려들면서

61학급에 학생 3,000명

탄광 호황으로 배가 부른 사북

1978년 학교가 학교를 출산하다

8학급 빼내어 동원국민학교 개교

광부 세상 만들던 사북항쟁을 보았을 터

광부 지원자가 꾸역꾸역 몰려들고

1981년 58학급에 학생 3,268명

아버지가 3교대 하듯 아이들은 2부제 수업

학교가 또 학교를 낳는다

64학급에서 20학급 빼내 사음국민학교 개교하던 1988년

아뿔싸, 이듬해는 석탄산업합리화

백년지대계 교육부도 한 해 앞 몰랐던 산업부의 폐광 정책

탄광도 떠나고 아이도 떠나고

1994년 동원국민학교 폐교

두 해 지나 초등학교로 이름 바꾸고

2004년 정선군 마지막 탄광 사북광업소 문을 닫고

2013년 사음초등학교 폐교

낡은 학교 모두 무덤이 되다.

사북에서 만나다 5

사북초와 사음초등학교 통폐합
살아남은 놈은 사북초등학교
그런데 이긴 놈이 사음초 자리로 쫓겨났다
앞에는 강물 흐르고, 땅값 좋은 부지 남겨두고
범바위골 골짜기로 쫓겨나는 뒷모습이 쓸쓸하다
아이들 먹여 살리겠다고 카지노 들여놓더니
그 때문에 아이들이 밀려날 줄이야
사연 들어보니 카지노란 놈 귀신보다 더 무서운 놈

카지노 열고 시내 근처로 전당포부터 들이밀고
밤새워 유흥주점 룸살롱 시내 밝히더니
사북을 통째로 주물러대는 마사지방과 안마시술소
학교 학원 다 내쫓고 모텔 호텔 들어서더니
부설 유치원생도 걸어 학교 가는 길이 카지노 뒷길이다
제일 먼저 배우는 한글은 전당포 안마시술소
영어 시간엔 모텔 호텔 룸살롱 마사지 어린 학생들 발음도
좋다

귀신같은 카지노 쫓지 못하고

범바위골로 쫓겨 가는 사북초등학교
탄광은 막장이어도, 학생은 쫓지 않았는데.

갱구의 연대기

남기택

1.

탄광은 인류세(anthropocene) 시대의 대표적 자원이자 사건이라 규정될 만하다. 산업혁명을 위시하여 근대 자본주의 전개가 석탄을 매개로 급속히 진행되었음은 주지의 사실이다. 그런 만큼 탄광은 노동 착취로 대변되는 시장 논리의 병폐가 집약된 상징이기도 하다. 마르크스가 자본의 원시적 축적과 관련하여 제출한 다양한 논거 중에도 탄광 노동과 관련된 생생한 사례가 포함되어 있다. 그가 공장법 일반화 과정을 분석하면서 인용한 탄광 노동자의 아래와 같은 증언은 당대 자본의 정신을 잘 보여준다.

광산까지의 어쩔 수 없는 왕복시간을 포함하여 노동은 대개 14~15시간이고 예외적으로 길어질 경우에는 새벽 3~5시부터 저녁 4~5시까지 계속된다. 성인 노동자는 2교대로 8시간씩 노동하지만, 소년들의 경우에는 비용 절약을 위해 이런 교대가 없다. 어린 아동들은 주로 광산의 여러 구역에 있는 통풍문의

121

개폐에 사용되고, 나이가 조금 든 몇몇 아동들은 석탄 운반 등과 같은 중노동에 사용된다.(『자본』 I -1, 길, 2008, 제13장 기계와 대공업)

산업사회에 근간 동력을 제공했던 탄광의 역사와 그로부터 비롯되는 노동 모순은 익히 문학작품의 소재로도 전유되어왔다. 한때 탄광이 문학의 길이기도 하였음을 전조하는 정전적 사례로 『제르미날』(1885)이라는 걸작이 주목된다. 이 작품은 19세기 석탄산업을 중심으로 한 사회상과 혁명적 민중의식을 사실적으로 그려내고 있다. 저자인 에밀 졸라는 역작 '루공—마카르 총서'의 일부분으로 민중적 주동인물을 일찌감치 기획하였고, 그 배경으로 당대 기간산업이자 계급적 중층 공간이기도 했던 탄광을 두고 오랜 기간 취재하였다. 주인공 에티엔 랑티에는 그렇게 탄생된 루공 가문의 인물이자 당대 민중 영웅의 표상이었다.

탄광의 문학적 형상화에 있어서 시인 정연수는 한국의 졸라를 꿈꾸는 듯하다. 그는 첫 시집 『꿈꾸는 폐광촌』(1993)과 두 번째 시집 『박물관 속의 도시』(1997)에서도 탄광에 관한 비망록을 중심 모티프로 삼았던 바 있다. 오랜 침묵을 깨고 등장한 정연수의 세 번째 시집도 탄광을 내건 『여기가 막장이다』이다. '폐광촌'과 '박물관 속의 도시'가 '막장'으로 재림한 형국이다. 이 시집의 많은 시상을 이끄는 서정적 주체는 에티엔 랑티에의 시적 형상에 비견된다. 그런 만큼 『여기가 막장이다』는 표제 그대로 막장을 소재로 한 일련의 시적 기획물 성격이 강하다.

산맥을 넘는 눈발의 속살에는 집념이 담겼습니다. 자식만 보고 살자고, 동점 구문소를 지나 철암의 쥐라기 막장에 닿았습니다. 하얀 눈을 밟고 들어가다 보면, 이억 오천만 년 된 동굴 어귀에선 까만 눈이 내립니다. 크고 밝은 태백의 이름 언저리에는 진폐증 무덤들이 별처럼 총총 빛났고요. 아버지의 마지막 도시락 속에서 가래 끓는 기침이 벌레처럼 스멀스멀 기어 나왔습니다. 탄차가 무덤 위로 쌩쌩 내달리는 동안에도, 무덤을 열고 나온 아이들은 제 발로 동굴을 찾아갔습니다. 광부를 대물림할 줄 알았다면, 아버지는 산맥을 넘지 않았겠지요. 어머니는 아들이 팽개치고 간 책가방을 열고 하얀 쌀밥을 지었습니다. 눈은 그치지 않을 작정이지만, 어머니의 눈자위는 벌써 시래기처럼 바싹 말랐습니다. 폐광의 그늘에 웅크리고 있던 아들이 기침을 시작했습니다. 동굴 속에선 동발 한 틀 우지끈 부러지고. 화들짝 놀란 눈, 이럴 순 없잖으냐며 마구 퍼붓고 있습니다.

―「오래된 동굴」 전문

『여기가 막장이다』의 문을 여는 작품이다. 산문투로 나열된 시행들이 특유의 신비한 분위기와 어울려 한 편의 설화를 형성하고 있다. "철암의 쥐라기 막장"을 향해 눈길을 걷는 화자의 모습 속에서 『제르미날』의 첫 장면, 즉 암흑의 광풍을 뚫고 탄광도시 몽수를 찾아가는 에티엔의 모습이 연상되는 독자도 있을 줄 안다. 양자가 생의 수단으로 정주하는 장소가 막장인데, 그 몽환적 장소성은 석탄이라는 물질의 고유한 질감과도 연동된다. 아득한 시간을 견뎌온 식물질이 지압과 지열의 작용과 반작용이라는 상호 교류 속에서 분해된 결과가 곧 석탄이다. 석탄이라는 천연자원 자체가 비의적 역사의 산물일 것이니 존재 배경으로부터 태고의 시간이 환기된다.

그렇듯 '오래된 동굴'은 석탄이 기원하는 장소이면서, 어느 광부 일가의 연대기가 명멸하는 무대이기도 하다. 막장에 대한 오랜 천착이 다다른 우리 시대의 우화가 이런 식으로 펼쳐진다. 시인은 사양길에 접어든 지 오래인 탄광산업과 그것을 배경으로 둔 삶을 21세기의 현실로 재현하고 있다. 확연한 외양 변모에도 불구하고 탄광은 여전히 그 누군가의 삶의 실정이요 자본 모순이 집약된 구조적 토대임을 시집은 웅변한다. 이런 문제의식의 진정성과 시적 형상화 수준은 『여기가 막장이다』를 감상하는 핵심 기제여야 한다.

2.

『여기가 막장이다』의 시편들은 대개 일상 어법을 활용한 설명적 진술 방식으로 주조된다. 사유화된 미적 거리나 극단의 긴장을 취하지 않기에 시어를 접함과 동시에 의미를 전달할 수 있다. 단순한 구조로 반복되는 외형이 "바람 부는 삶은 이별들의 연속"(「바람기−선탄부 일기 1」)이라 대변되는 선탄부의 일상을 닮았다. 이 지극한 매너리즘의 이면에 자리한 시적 생성을 감각하기 위해서는 막장의 중층성에 대한 정치한 재구가 필요할 것이다.

이 시집에는 수많은 막장의 물성이 서로를 대상화하며 길항하고 있다. 막장은 "한 해 이백오십 명씩 죽어 나가는"(「진폐병동에서 5」) 처절한 죽음의 현장이자, "희망을 위해 무거운 동발을 받치고"(「갱구가 전하는 이야기」) 있는 마지막 희망의 보루이다. 또한 막장은 "낙타가시풀을 씹는 낙타의 입"(「새 길」)과 같은 비의의 정동이면서, "가도 가도 끝없는"(「굴진 작업」) 수준의 불가항력적 좌표이기도 하다.

다양하고도 절실한 막장의 인식이 반복되고 있는 형국은 스스로의 진정성을 증거하려는 포즈처럼 보인다. 여기에는 탄광 노동의 구체적 경험이나 그 과정에서 파생된 이야기가 두루 포함된다. 그중 연작으로 구성되는 「진폐병동에서」 1~10, 「막장에서 만난 시인」 1~3, 「사북에서 만나다」 1~5 등은 시인의 핍진한 체험을 대변한다. 탄광 문학사의 기념비가 될 만한 이 시집이 아주 오랜 기획 속에서 모색되어온 결과임을 방증하는 작품류임이 분명하다.

막장의 현재화라는 분명한 의도는 시집 전체를 하나의 연작시로 묶이게 할 정도로 주제나 소재, 표현 방식에 있어서 유사한 패턴을 이끈다. 그 과정에는 일종의 형용모순과 같이 주요 이미지가 상호 배척되는 경우마저 존재한다. 이의 대비를 위해 「여기가 막장이다」와 「막장은 막장에도 없더군」을 집중해서 보기로 한다.

> 삽질을 한다
> 아무리 퍼내도 끄떡 않는 막장
> 사람답게 살고 싶다 두 주먹 불끈 쥐고 나서
> 굳은살 박이도록 삽질해도 줄지 않는 절망
> 여기가 막장이다
>
> 광부도 사람이다, 투쟁 뒤에
> 광부에서 광원으로 이름 바꾸고
> 노동자에서 근로자로 해마다 달력만 새로 갈았다
> 도시락 반찬이야 매일 바뀌어도 여전히 가난한 식탁
> 여기가 막장이다
>
> 이 땅의 광부는 가고

근로자, 근로자의 날, 모범근로자 표창
더 쓸쓸한, 여기가 막장이다

내 딸년만큼은 광부 마누라 만들지 않겠다
내 아들놈만큼은 광부 만들지 않겠다
하찮은 걸 소원하는 여기가 막장이다

탄광촌 올 때 다짐했다
삼 년 지나면 떠난다
삼 년만 죽어지내자던 게 삼십 년이 지나도 까마득하다
굳어 가는 폐는 알까
천년만년 썩은 석탄처럼 알 수 없는 까만 세월
여기가 막장이다

내년에는 꼭 떠나자 그렇게 떠나고 싶더니만
정부까지 나서서 떠나라고 등 떠미는 석탄 합리화
탄광촌 들어올 때도 누가 그렇게 등 떠밀더니만
나갈 때도 또 그렇게 등 떠밀린다
발걸음조차 내 의지로 딛지 못하는 땅
여기가 막장이다.

　　　　　　　　　　　　　　—「여기가 막장이다」 전문

　시집 표제가 된 이 작품은 '막장'이라는 적멸의 이미지를 앞세워 탄광 노동자의 비극을 전경화한다. 시적 주체는 산업화 시대의 막다른 골목에서 "이 땅의 광부"라는 운명을 받아들여야 했던 가상의 인물이다. 그가 처한 절망의 현실은 어디서부터 비롯되는가? 구체적 사건의 전말을 표면적 맥락으로는 알 길이 없다. 선험적 비극성이 작품 전반을 관류하고 있기 때문이다. 막장은 무기력과 불가항력을 배태하는 절망의 장소로서 강조될 뿐이다. 이를테면 그곳은 개인의 인격이 소멸되고("사람답게 살고 싶다"), 세대의 비극을 연결하며("내 아들놈만큼은 광부 만들지 않겠다"), 벗어날 수 없는 현존을 강제하는("삼 년만 죽어지내자던 게 삼십 년이 지나도 까마득하다") 연쇄 고리의 장으로 한 개인의 역사 속에 체현되고 있다. 나아가 막장의 비극은 사회의 구조적 환경에 따른 필연적 결과라는 인식이 자리한다.("정부까지 나서서 떠나라고 등 떠미는 석탄 합리화", "발걸음조차 내 의지로 딛지 못하는 땅") 절대적인 막장의 현재성이 이렇게 구성된다.

이 작품은 시적 장치로도 "여기가 막장이다"라는 언명을 매 연마다 반복하면서 강조의 효과를 더한다. 핵심 명제가 되풀이되는 전언 방식은 미적 구조와 직결된다. 이때 '여기'라는 지시어는 막장의 구체적 위치 대상을 정위시키기보다는 오히려 그 범주를 확장하는 효과를 산파한다. 즉 '여기'는 특정 탄광이라는 장소성을 벗어나 존재가 거처한 '지금' 전반으로 적멸의 의미를 개방하는 주술적 명명이기도 하다. 깊은 절망이 존재의 '지금—여기'가 곧 막장이라는 적멸의 항상성을 강제하고 있다. 이처럼 정연수 시는 구성원이 더불어 공명해야 할 역사적 상처를 현전하며, 죽음을 위무할 우리 시대의 레퀴엠으로 변주되고자 한다.

> 갑자기, 이력 붙여 드나들던 갱구가 닫히고
> 막장 밖으로 끌어내는 거친 손
> 저탄장의 팔리지 않는 희망처럼
> 터널은 끝이 보이지 않는다

뒤로 돌앗! 우리는 구령에 맞춰 뒤를 돌았지만
아무도 목적지를 알려주지 않는다
되돌아보니 힘차게 구령을 붙이던 사람도 보이지 않는다

함태탄광 재개발
도시 전체가 몰려가 생떼를 써도
끝내 열리지 않는 막장
탄광에서 십 년, 막장보다 더 캄캄한 폐광에서 십 년
막장인 줄 알았더니 막장은 막장에도 없더군.
　　　　　　　　　　　　　—「막장은 막장에도 없더군」 부분

　위 작품은 막장마저도 열리지 않아 삶의 근거를 잃을 수밖에 없는 노동자의 서글픈 운명을 그린다. 1989년 시행된 석탄산업 합리화 정책은 많은 탄광의 문을 닫게 내몰았고, 그 일환으로 태백의 함태탄광 역시 1993년 폐광되었다. 폐광 당시 함태탄광은 약 350m 정도까지 채탄이 이뤄진 상태라서 향후 500m는 더 채탄할 수 있었고, 채광량도 인접한 장성광업소에 비해 월등한 수준이었다. 위에 묘사된 재개발 슬로건에는 석탄산업법 개정을 통해 함태탄광을 부활시키고자 하는 지역사회의 염원이 담겨 있다. 하지만 함태탄광은 "끝내 열리지 않는 막장"이었다. 그곳은 개인과 지역 공동체의 꿈을 좌절시키는 단절의 공간이었음이 아프게 기록되고 있다. 오늘날의 탄광은 이와 같이 중층적인 요소를 내포하는 장소이자 제도로 존재한다. 관련 노동자들이 처한 삶의 현장을 막장으로 내모는 절망의 기제이면서, 정작 생존을 위한 최소한의 노동 기능조차 거부하는 제도적 폭력이기도 한 것이 곧 탄광이다.

문제는 '막장의 부재'를 강조하는 이 작품의 메시지가 앞서 「여기가 막장이다」에서 본 '막장의 현전'과는 정면으로 위배되고 있다는 점이다. 이는 착란인가 자가당착인가? 일견 단순한 시적 진술로 반복되고 있는 『여기가 막장이다』의 시편들이 연장하는 미적 감각을 이로부터 발견해야 한다. 스스로 모순되는 언명 속에는 그만큼 절실한 현실이 현현한다. 막장 자체가 논리적 일관성으로 구성될 수 없는 대상이다. 이를테면 어둠이 "사물과 나의 경계를" 소거하듯, "삶과 죽음의 경계를" 지우는 주술이 막장이다.(「밤길」) 어쩌면 정연수 시편들은 시라는 언어 구조물을 벗어나 공동체의 주변과 사회구조의 본질에 대한 인식론적 기제로서 시학의 의미에 값하고자 한다. 이를 통해 독자는 막장의 실재에 대해 감각하게 된다. 막장이란 무엇인가? 현실적 공간으로서의 막장은 사라졌을지 몰라도 존재의 주변에 작동하는 막장은 어디에도 실재한다. 정연수 시가 운산하는 막장의 물성이 이렇듯 중층적이다.

3.

막장의 물성에 천착하는 정연수 시편들은 다양한 스펙트럼으로 변주된다. 특유의 정제된 언어와 묘사가 견지되고 있다는 점은 서정시의 보편적 미덕일 것이다. 슬픈 역사는 때때로 "노보리 고개 석탄 활활 잘도 넘네"(「탄광 아리랑」)나 "막장에다 동료 묻고 잘도 넘네"(「광부 아리랑」)와 같이 전통 가락으로 고조된다. 지금도 석탄은 "팔리지 않는 우리들의 희망"(「화력의 배후, 도계에 가면」)을 간직한, "가슴 달군 마을의 화력 좋은 희망"(「불꽃의 시작, 거무내미」)의 기원이다. 한국

현대사에 기록되어야 할 순간들이 처연한 풍경 속에 오롯이 자리한다. 한편 사북항쟁과 같은 특수한 사건에 대해서는 남다른 기법적 장치를 통해 재현하고 있음을 볼 수 있다. 이와 관련된 양상은 『여기가 막장이다』에서 구조적으로도 특화된 핵심 화소라 하겠다.

비단 1980년뿐이었을까만
꽃피는 봄날이라곤 없던 까막동네
봄을 막는 폭도들에 대항하여
사택으로 들어오는 길목에 바리케이드 치고
뼈다귀 될 때까지 착암기 움켜쥐던 힘
육천 칼로리 뜨거운 불꽃 제대로 뜨거워지던 사월 봄날

봄은 쉽게 가버리고 꽃씨는 땅속으로만 발을 뻗어
머리 숙여 동발 지고 노보리 오르는 검은 예수
때로는 막장에 묻히고, 때로는 진폐로 드러눕고
때로는 꽃씨를 뿌리는 폭도로 몰리고
남들 안 가는 빛의 반대편에도 길을 닦으며
굳은살 박이도록 삽질하는 검은 예수

기세등등 1989년
광부들을 싹 쓸어버리겠다는 석탄 합리화 진압대
봄눈처럼 순진한 광부들은 저항 한 번 못해보고
겨울이 가면 봄이 오고, 봄이 오면 꽃이 핀다고 거짓말만 하는
봄, 또 속아서 공단 언저리로 나들이를 나선다
서울은 근처도 못 가보고
그저 안산으로, 수원으로, 부천으로 기웃기웃

사북항쟁 24주년을 기념하듯 문 닫은 동원탄좌
19공탄 구멍마다 푸른 불꽃을 뿜으며 뜨겁던 이 땅
뼈다귀 묻을 땅조차 없이 식어가도
아직 우리의 맥박은 뛰고 있다.

—「사북은 봄날」 전문

1980년 4월, 정선의 동원탄좌 사북광업소 광부들은 어용노조와 임금 모순에 조직적으로 저항하였다. 이 항쟁은 광주민주화운동보다 앞서 열악한 노동환경에 맞선 집단 투쟁이기에 남다른 상징적 의미를 지닌다. 군부독재의 노동권 탄압과 전형적 어용노조의 모순이 집약된 결과라는 점도 한국적 특수성이 배태된 역사적 사건으로 규정될 수 있는 조건이다. 이는 1980년대 노동운동의 확장으로 이어져 오늘에 이름으로써 여전히 현재적인 의미를 지닌다.

사북을 소재로 한 문학적 전유 역시 지속되어왔다. 「사북은 봄날」과 같은 작품은 구체적인 "사월 봄날"의 형상으로써 항쟁을 재현한 사례에 해당될 것이다. 위 작품은 사건의 기록 자체보다도 탄가루를 뒤집어쓴 육체를 "검은 예수"로 호명하며 부활의 꿈을 그린다. 그 소망대로, 동원탄좌는 "사북항쟁 24주년을 기념하듯" 사라져갔지만, 당대의 기억은 40주년에 이르러 사북민주항쟁동지회에 의해 『광부들은 힘이 세다』(2020)로 물화된 바 있다. 이처럼 사북은 탄광과 관련하여 한국 문학장의 대표적 사건이자 심상지리로 존재한다.

배가 기우는 사이, 배는 막장을 기억했다

막장의 옆구리 어딘가 조금씩 무너지고 있었다

석탄 합리화가 아닌 자본의 합리화
광부들은 문 닫은 갱구 앞에서 잠시 주저앉았을 뿐
원망할 여유는 없었다

살려주세요, 구조대는 오고 있는 거죠?
산 자의 마지막 인사는 핏물 든 꽃처럼 붉다

또 만나자며, 안산으로 부천으로 떠나고
터 잡았다고 폐광촌 동료 부르던 세월
안산의 함태탄광 동지는 함우회 만들고
안산의 강원탄광 동지는 강우회 만들고

안산 아이들 탄 배가 기우는 동안
막장은 바다에서도 가라앉기 시작했다

농촌에서 탄광촌으로, 폐광촌에서 공단으로
끝없는 유랑의 세월
바다에다 자식 묻기까지 끝없는 막장

막장은 막장이었다.

—「막장의 세월」 전문

막장에 대한 또 하나의 판본인 위 작품은 탄광산업의 변천사를
위시하여 막장의 사회구조적 고리를 포착하고 있다는 점에서 주목
을 요한다. 탄광을 매개로 하는 노동 범주가 파행에 이르는 과정에
는 석탄산업 합리화와 같은 정책적 요인이 작동하고 있다. 위 작품
은 "막장의 옆구리 어딘가"로부터 기울어지고 있다는 비유를 통해

토대적 모순에서 기인하는 석탄산업의 붕괴를 드러낸다. 또한 그것이 세월호와 같은 사건으로 연쇄되고 있음을 상상함으로써 개별 사건을 대사회적 범주로 확장시킨다. 정연수 시세계의 문학사회학적 상상력을 보여 주는 전형적 예시일 것이다.

탄광은 근대 산업사회의 속성을 상징하는 기제였다. 우리나라의 경우 일제강점기 제국주의 수탈정책 일환에서 본격적으로 개발된 탄광산업은 1960년대 개발시대를 거쳐 1980년대 절정에 달한다. 탄광산업의 양상은 개발중심주의로 대표되는 한국식 자본주의화의 과정을 압축하고 있다. 그러나 1989년 석탄산업 합리화 정책으로 인해 탄광산업은 급속도로 퇴조하게 된다. 합리화 이후 탄광 지역의 급속한 침체는 소위 거대담론의 해체와 더불어 미분화되고 있는 사회적 현실과도 연동된다. 초국적 자본이 횡행하는 세계화 시대를 맞아 탄광의 실정적 의미는 화석화되고 있다. 그럼에도 불구하고 여전히 미결정적인 탄광의 현실 맥락이 존재한다. 탄광은 2020년대에도 한국 사회의 모순이 집약된 '약한 고리'인 것이다.

위 작품들이 다루는 탄광 현장의 실정 속에는 한국 사회의 구조, 산업화의 특징, 도구적 합리성이 지닌 병폐, 물신화되는 인간의 본성 등이 함의되어 있다. 나아가 이들은 탄광 지역의 역사적 변모 과정을 시적 서사로 재현한다. 탈식민적 관점으로 보자면 '기억하기'의 의미를 구현하고자 의도적 포즈를 취한 셈이다. 기억하기는 자기반성이나 회고와 같은 정태적 행위가 아닌, 현재의 외상을 이해하기 위해 과거를 짜맞추는 것으로서 이른바 '고통스러운 떠올림'과 같다(호미 바바, 『문화의 위치』). 이러한 인식선상에서 함태탄광과 강원탄광, 사북항쟁과 세월호는 우리 삶과 사회 내부에 항용 작동하는 증상이자 징후일 수밖에 없다. 기억을 통해 현재를 반성하고, 현재를 통해 미래를 재구하려는 인식론적 고투의 과정 속에서 정연수 시작의 실천적 의미를 발견할 수 있다. 시작은 지나간 실재를 아프게 기억함으로써 새로운 생성을 도모하는 중이다.

4.

정연수 시가 석탄산업의 연대기를 생생히 묘사할 수 있는 데에는 작가의 역사전기적 배경이 긴밀히 관계된다. 정연수는 시인이기 이전에 태백의 장성광업소에서 10년을 근무한 노동자였다. "광업소에 취직하는 꿈"을 좇아 "높은 경쟁률을 뚫고 대한석탄공사 장성광업소에 취직"하였다는 「시인의 말」은 운명적 연대기의 발단을 지시하는 이정표와 같다. 핍진한 노동의 경험은 현장을 떠난 이후에도 탄광산업이나 관련 문화에의 천착을 일생의 과제로 부여하게 된 결정적 소이일 것이다.

그는 1991년 탄전문화진흥회(현 탄전문화연구소)를 설립해 탄광시 작업이나 관련된 사회 활동을 지속해왔다. 이 단체는 지역사회의 문제점 중 하나인 재가 진폐 환자의 현실을 증언하고, 제반 문제의 공론화를 위해 문학 행사를 위시하여 다양한 사업을 실행하였다. 1991년부터 2004년까지 13호에 걸쳐 발행된 『탄전문학』은 당대 탄광문학을 소개하는 매체로 기능하게 된다. 잡지 창립을 이끈 정연수는 "죽음만이 삶의 유일한 원본"(「원본을 찾아서」)임을 적시한 시편들을 1호부터 수록하고 있다. 그가 엮은 『한국탄광시전집』(2007)은 탄광문학과 관련된 일련의 활동이 귀결된 성과라 할 만하다. 이 전집에는 탄광을 소재로 하여 218명의 시인이 쓴 953편의 작품이 수록되어 있다. 식민지 시대 권환의 「그대」를 포함하여 2000년대 초반까지의 작품을 망라하는 전집 발간은 잊힌 탄광문학의 복원, 본격적인 학문적 조명, 대안과 방향 설정 등을 위한 귀중한 계기가 되었다.

이처럼 시인 정연수가 탄광문학에 관한 중요한 작가일 뿐만 아니라 국내 대표적인 연구자이기도 하다는 사실을 기억해야 한다. 그는 「탄광시의 현실인식과 미학적 특성 연구」(2008)라는 논문으로 박사학위를 받았을 뿐만 아니라 『노보리와 동발』(2017), 『탄광촌 풍속 이야기』(2010), 『탄광촌의 삶』(2019) 등과 같은 후속 연구를 지속하고 있다. 최근에도 강원연구원 후원으로 석탄산업 유산의 세계화를 위한 방안을 모색하는 등 왕성한 활동 반경을 보인다.

그렇다면 정연수 시집은 탄광의 역사를 기록하고 현재적 의미를 고구하기 위한 실천적 삶의 한 부분이자 흔적이라고 할 수 있다. 이러한 관점 위에서 정연수 시의 본령과 현재적 의미가 효과적으로 드러나리라고 본다. 일례로 그가 시로 그리는 막장 스펙트럼 속에 다양한 탄광 문화가 복원되고 있는 맥락은 이 시집을 단순한 서정 시편으로 한정할 수 없는 주요 이유가 된다. "갱내에선 쥐를 잡지 못하는 금기 때문인가, 광부들이 쥐를 애완용처럼 기른다네요."(「쥐새끼」), "나한정역이 가부좌를 튼 1940년부터/지나는 기차마다 멈춰 서서 나한을 공경하며 합장했다"(「나한정역에서 마시는 커피」), "1942년 사북국민학교 개교/석탄을 노다지라 부르는 광부들이 몰려들면서"(「사북에서 만나다 4」) 등과 같이 『여기가 막장이다』에는 다양한 탄광 문화와 로컬 히스토리가 각인되어 있다. 이는 그대로 한국 문화의 한 범주이자 아카이브에 비견될 것이다.

한편 이 시집이 발간되는 시점에서 보자면 정연수는 탄광 노동의 현장과는 직접적 관계가 없다. 현실은 정연수를 시인이자 학자로서의 존재로 규정하고 있다. 하여 그의 노동시편들은 과거의 기억과 간접경험을 토대로 재구성되는 극화 과정을 거친다. 이것이 문제적인 이유는 많은 작품들이 '나'의 시적 진술이라는 외장을 취하고 있기 때문이다. 이러한 전제는 미적 긴장이나 경험적 진실을 부수적 차원으로 밀어내고, 사회적 문제의식을 시학의 준거로 대체하는 구도를 낳는다. 관념이 과잉될 때 이미지는 퇴보하기 마련이다.

　그럼에도 불구하고 시인 정연수가 탄광 노동의 현재적 의미를 시상으로 고구하는 과정은 앞으로도 지속되리라 믿는다. 그의 작업은 사회학적 평가 너머에 있는 미적 생성의 영역을 개방할 수 있을 것인가. 정연수 시는 탄광 현장을 재현하고 그 비극성을 구체태로 전한다. 시인의 에크리튀르가 막장 노동자들의 삶을 현전케 한다. 그리하여 「연탄재 일기」에 소개된 선산부 장 씨와 같이 우리 주변의 존재가 되살아난다. 시의 본령이라 할 서정적 긴장이 궁극에 이르고자 하는 생성은 이와 다르지 않으리라 본다.

　정연수 시의 입장은 아키볼드 막레이쉬가 쓰고 김수영이 번역한 시의 효용, 즉 존재로부터 오는 지식과 추상에 의한 지식 사이의 중요하고도 진정한 차이(「시의 효용」, 『시인의 거점』)에 천착한다. 정연수의 작품이 전자의 몫, 즉 막장이라는 사물과의 적나라한 조우를 통해 새로운 앎을 계기할 수 있다면 이 역시 소중한 시의 가치가 아닐 수 없다. 이제 우리는 인류세라는 시대와 작별해야 할 정언명령 앞에 직면해 있다. 시인 정연수는 프로메테우스를 내세워 동서양을 아우르는 역사적 상상력의 주체로서 광부(「광부」)를 조탁해왔다. 지질시대를 관통하며 누대를 거슬러온 그의 상상력이 새롭게 개방할 갱구가 기다려진다.

南基澤 | 문학평론가 · 강원대 교수